Philip Waechter

À deux,

c'est tellement mieux !

MILAN
jeunesse

Moi…

… je me trouve très, **très** chouette.

J'aime la vie et je sais ce que je veux.

Je n'ai besoin de personne pour suivre mon chemin.

Je suis extra.

J'aime être élégant et je prends soin de moi.
Je suis smart!

En fait, je me trouve très, **très** beau.

J'apprécie chaque petit bonheur
que m'offre la vie…

… mais je sais aussi me régaler
des choses plus importantes.

Je parle plusieurs langues.

Je me sens chez moi dans toutes
les grandes villes du monde.

J'adore les surprises…

... et je ne rate jamais une occasion de faire la fête !

Je suis incroyablement audacieux…

« GRRRRR

RRRRRRRRRRRRRR

Dans la vie, je n'ai pas peur de relever tous les défis.

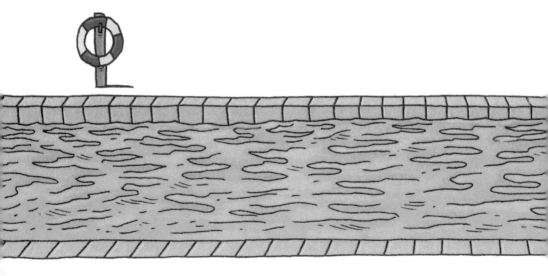

D'ailleurs, je ne crains rien ni personne…

… enfin… presque !

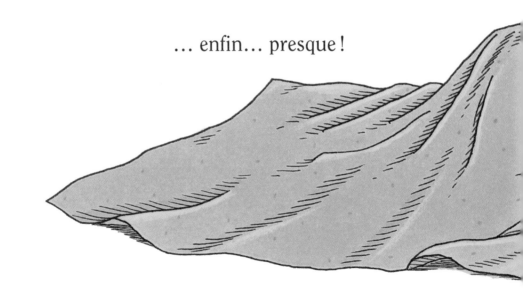

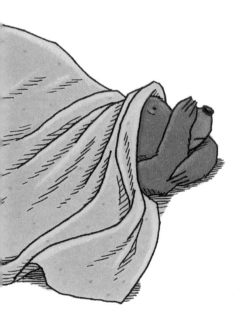

Pour moi, la générosité n'est pas un vain mot :
j'adore partager…

J'ai le cœur sur la main.

J'ai un succès fou,
tout le monde m'adore !

Mais le plus fort, c'est que je suis très, très intelligent !

Quelquefois, je sens que je suis vraiment
hors du commun.

Mais à d'autres moments, ce sentiment de ne pas être comme tout le monde pèse sur mon cœur…

… et il m'arrive alors
de me sentir terriblement seul.

J'ai l'impression d'être tout petit.

Alors, je prends mes jambes à mon cou.

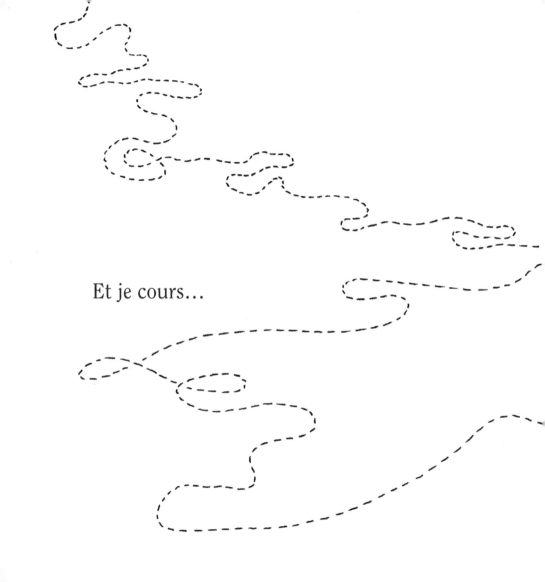

Et je cours…

Et je cours…

… vers toi !

C'est merveilleux que tu sois là !
À deux, c'est tellement mieux !

Première édition © 2004 Beltz & Gelberg
Groupe Editoriale Beltz Weinheim Basel
sous le titre *Ich* - Tous droits réservés
Couverture de Philip Waechter
Composition et lithographie : Photolitho AG, Gossau
Production : Druckhaus Beltz, Hemsbach

Pour l'édition française : © 2004 Éditions MILAN – 300, rue Léon-Joulin, 31101 Toulouse Cedex 9 – France
Dépôt légal : 1er trimestre 2004
ISBN : 2.7459.1413-8
Imprimé en Allemagne